Je rêvais d'un autre monde…

Je rêvais d'un autre monde…

Michèle Obadia-Blandin

Illustration de couverture : Pierre Bentolila
(Fleur sur barbelés à Auschwitz)

Éditeur : BoD-Books on Demand
12-14 rond-point des Champs-Élysées, 75008 Paris
Impression : Books on Demand, Norderstedt, Allemagne
ISBN : 978-2-3221-8479-8
Dépôt légal : janvier 2020

« *Il faut, il faudra sans cesse se rappeler que cela fut…* »
Henri Borlant, ancien déporté.

« *Je twisterais les mots s'il fallait les twister.*
Pour qu'un jour les enfants sachent qui vous étiez. »
Jean Tenenbaum, dit Jean Ferrat - « Nuit et brouillard » (1963)

Première partie (Berlin, décembre 1935)

Une rencontre troublante

Je me souviens du froid perçant qui enrobait la capitale allemande ce matin-là. Emmitouflée dans ma pèlerine grise, les yeux rivés sur mes bottines de cuir noir aux semelles trop lisses, j'avançais prudemment entre les plaques de verglas essaimées sur un trottoir aux allures de patinoire. J'avais alors à peine vingt ans et parcourais quotidiennement les deux kilomètres ennuyeux et interminables qui séparaient le domicile de mes parents de la faculté de médecine.

Enfant unique, née d'un père chirurgien et d'une mère infirmière, la vocation s'était imposée dès mon plus jeune âge. Depuis mon entrée à l'Université, trois ans plus tôt, j'avais montré une motivation à toute épreuve ; en point de mire : l'obtention de mon doctorat en juin 1939.

Travailleuse, méticuleuse et assidue, je m'évertuais à être dans l'élite de ma promotion afin d'éviter l'interruption de mon cursus menacé par le *numerus clausus* imposé aux étudiants juifs[1]. Bien sûr, le problème se reposerait à la rentrée suivante.

---

[1] Le 30 avril 1933, un *numerus clausus* avait été instauré dans toutes les écoles et universités allemandes, limitant le nombre d'étudiants juifs à un infime pourcentage (1.5 % à 5 %) de l'ensemble des élèves.

Mais l'inquiétante perspective, encore lointaine, ne me tracassait pas réellement ce jour-là. Mon humeur était plutôt à l'insouciance. Au terme de cette dernière matinée de cours se profilaient les vacances de Noël.

Au diapason de mon état d'esprit, ma démarche s'allégea à l'approche de l'impressionnante bâtisse de l'Université *Humbolt*, fleuron de l'avenue *Unter den Linden*[2]. Tout à coup, une voix éraillée me désarrima de mes pensées. En écho aux deux syllabes de mon prénom qui émergeait du tohu-bohu de la ville, je m'arrêtai net et relevai la tête. À la surprise se substitua un embarras mêlé de dégoût, difficile à voiler sous le sourire que je peinai à esquisser sur mes lèvres gercées par le froid. Face à moi : Hannah.

Enveloppée d'une pelisse et d'une étole mitées, la petite femme voûtée se courba pour approcher son visage du mien. Instinctivement, je reculai. Pas assez vite toutefois pour éviter la bise sèche qui claqua sur ma joue. De sa bouche fendillée de ridules débhoula alors une rafale d'interrogations auréolées de buée :

---

[2] *Unter den Linden* (Sous les tilleuls) est la plus prestigieuse avenue de Berlin.

– Comment vas-tu, Sarah ? Ça fait si longtemps ! Et tes parents ? Ton fiancé ? Toujours étudiante ? Et…

– Oui. Oui… D'ailleurs, mes cours démarrent dans quelques minutes. Excuse-moi, Hannah, mais je dois y aller sinon je vais être en retard. À l'occasion, passe à la maison cette semaine. Maman et Papa seront ravis de te voir pour *Hanoukka*[3]. D'accord ? Au revoir…

– Je viendrai allumer les bougies. Promis !

Sans écouter la réponse, je me détournai pour reprendre ma route. La vivacité de mon pas témoignait d'une fébrilité mal contenue. Le discret dodelinement de ma tête oscillant de gauche à droite trahissait sûrement mon agacement. Pourquoi m'étais-je montrée si courtoise avec cette vieille cousine que toute la famille s'accordait à qualifier de « bizarre », pour ne pas dire « folle » ? Lancer cette invitation saugrenue avait certes permis d'interrompre poliment - et lâchement - un dialogue qui menaçait de déraper ou de s'enliser, mais à l'évidence, la perspective de recevoir Hannah ne réjouirait pas mes parents. Le dernier repas en sa

---

[3] En décembre, les familles juives célèbrent *Hanoukka* (« Fête des Lumières »). Chaque soir de cette semaine-là est allumée une bougie du chandelier à sept branches pour commémorer la reconquête d'Israël (IIe siècle av. J.C.).

compagnie avait laissé d'amères traces tenaces. De façon incontrôlable, je sentais mon estomac se nouer, mes membres chanceler. À l'inverse du rythme ralenti de mes pas, ma mémoire rembobina en accéléré le film des souvenirs. Cinq mois compressés en une fraction de seconde. Par bribes, les images d'un dimanche de l'été précédent défilèrent dans ma tête. En point d'orgue : les terrifiantes paroles d'Hannah.

Dans l'atmosphère pesante où vivaient alors les Juifs allemands depuis plus de deux ans[4], les occasions de se réjouir étaient devenues si rares que mes parents avaient tenu à marquer l'évènement. Ma mère et moi-même avions consacré plusieurs jours à la préparation d'un déjeuner typique de la cuisine ashkénaze. Nous nous étions affairées autour de la gazinière afin de faire rissoler viandes, poissons, monceaux de pommes de terre, carottes, navets, courgettes, aubergines... patiemment épluchés. Raffiné et copieux - bien trop pour la chaleur étouffante qui pesait sur Berlin cet été-là - le menu comprenait : salade de foies de volaille hachés, carpe farcie,

---

[4] Avec l'avènement du Chancelier Hitler le 30 janvier 1933, les mesures discriminatoires à l'encontre des Juifs allemands s'étaient accentuées et multipliées, incitant nombre d'entre eux à l'exil.

ragoût d'agneau aromatisé à l'ail accompagné de petits légumes à la sauce aigre-douce, compote de fruits secs et strudel fourré d'un mélange pomme cannelle. Cette myriade de mets avait été confectionnée en l'honneur de mes fiançailles avec Élie.

Nous nous étions rencontrés six mois auparavant au cours d'une conférence à l'Université alors qu'il était interne en dernière année de médecine. Une attirance quasi magnétique nous avait instantanément rapprochés. En peu de temps, d'intenses sentiments nous avaient unis dans un amour fusionnel qui n'avait cessé de se renforcer. D'évidence, l'avenir allait se conjuguer à deux. Nous avions décidé d'officialiser notre relation ce dimanche-là.

Pour la circonstance, tout ce que nos deux familles comptaient de tantes, oncles, cousins, cousines, résidant dans la Capitale, avaient été conviés à la réception. Fidèle à sa réputation d'originale, un étui à violon sous le bras, Hannah était arrivée en retard. Ébouriffée, dépenaillée dans une tenue baroque et démodée, aux antipodes de celle des autres invités élégamment vêtus, elle avait pris place au bout d'une tablée d'une trentaine de couverts. Au cours du repas, l'attention étant focalisée sur nous, nul n'avait accordé d'intérêt à son babillage décousu, sabir d'allemand et de yiddish. Toutefois après le dessert, tandis que nous découvrions nos cadeaux, la vieille femme s'était mise à gesticuler de façon désordonnée. Le regard illuminé, elle avait subitement bondi de sa chaise en direction du hall d'entrée, piaillant de sa voix de crécelle : « Attendez, attendez ! Moi aussi, j'ai une surprise ! » Éberlués autant qu'amusés par cette attitude loufoque, plusieurs membres de la famille avaient échangé des sourires entendus. Sans conteste, Hannah était une fantaisiste sans respect pour la bienséance et le savoir-vivre. Quelques secondes plus tard, elle était réapparue, une moue malicieuse éclairant son visage fripé. Debout, face aux invités, elle avait alors joué un air de sa composition. Contre toute attente, les notes avaient jailli sous le crin de son archet de façon si harmonieuse que l'auditoire en était resté coi, captif d'une interprétation de toute beauté. Durant plusieurs minutes ses doigts noueux avaient glissé avec fluidité et maestria sur le bois usé et les cordes de son antique instrument qui distillait une mélodie douce et pétillante. Indéniablement, ce petit bout de femme insolite possédait un insoupçonnable talent d'artiste. Sous les applaudissements de la modeste assemblée, la violoniste avait conclu son offrande impromptue sur ces paroles :

« Voilà, les enfants ! C'est le seul présent que je puisse vous offrir. Je voudrais en faire autant pour votre mariage, mais... je n'y assisterai probablement pas. Aura-t-il seulement lieu, d'ailleurs ? »

Tête baissée, elle avait marmonné la dernière partie de sa phrase, comme une pensée malencontreusement exprimée à voix un peu trop haute. Sans doute les mots lui avaient-ils échappé. Impossibles à rattraper, ils avaient éclaté telle une bombe entre ses lèvres, à présent tordues en rictus gêné. Une chape de silence s'était écrasée sur les invités abasourdis. Immédiatement après, des chuchotements avaient fusé. Les murmures interrogatifs avaient enflé comme un essaim d'abeilles bourdonnant autour de la tablée. De son regard bleu limpide, obscurément brouillé, ma mère avait fusillé Hannah avant de juguler le malaise en suggérant de porter un toast à la santé des futurs mariés. Cette diversion avait permis de rétablir un semblant d'ambiance propice aux réjouissances. Personne ne pouvant admettre des propos si déplacés, l'ensemble de la famille avait fait corps contre la cousine ingrate. Reléguée au rang de paria, ignorée de tous, Hannah était restée prostrée dans un coin du salon le reste de l'après-midi. L'incident gravé dans les esprits avait plané, aussi pesant qu'un tabou, sur des festivités entachées.

En fin de journée, au moment de prendre congé, la trouble-fête m'avait présenté des excuses pour son pitoyable dérapage. Magnanime, j'avais fermé les yeux en signe d'absolution. De façon extrêmement maladroite, Hannah avait alors tenu à se justifier en précisant dans un souffle à peine audible :

« Je suis désolée au sujet de ton mariage, ma petite Sarah. Malheureusement, les visions qui m'assaillent sont de plus en plus violentes. Le destin des Juifs est tragiquement étoilé. Je le sais. Je le sens. Des trains… Des centaines de trains vont nous conduire vers la mort, sous l'étau d'un ciel de suie… Bientôt. Très bientôt… »

Refusant d'en entendre davantage, j'avais instinctivement crié : « Arrête, Hannah ! », la voix brisée par l'émotion. Je lui en voulais tellement d'avoir gâché la fête. Ma fête…

Sans ajouter un mot, la vieille extravagante, prétendument visionnaire, s'était éloignée, haussant les épaules en signe de résignation.

Cinq mois s'étaient écoulés depuis ce lamentable « incident ». Entre temps, les mesures discriminatoires vis-à-vis des Juifs s'étaient amplifiées. En septembre, lors du congrès du parti nazi à Nuremberg, le Chancelier Hitler avait promulgué des lois antisémites qui avaient encore amoindri nos droits de citoyen, déjà réduits à une peau de chagrin. La marginalisation et l'exclusion étaient devenues monnaie courante pour ceux que le parti au pouvoir s'obstinait à considérer comme responsables de tous les maux de la société. Malgré la dégradation manifeste, je continuais à me réfugier dans le déni. En refusant toute discussion ou allusion aux effarantes prédictions d'Hannah, je croyais pouvoir les gommer, comme par magie.

Mais le hasard avait fait recroiser nos routes. Sous le « choc » de la rencontre, la carapace censée me protéger s'était brisée. Les paroles de la vieille cousine avaient ressurgi avec violence. À la lumière des récents évènements, ses terrifiantes visions ne me paraissaient plus si inconcevables. Bouleversée, je parcourus les ultimes mètres en direction de l'Université tel un automate. Un soupir, mélange d'irritation et d'impuissance, chuinta entre mes lèvres. Subitement, une douleur aiguë remonta de façon foudroyante de mon ventre pour irradier l'ensemble de mon corps secoué de tremblements irrépressibles. Bien sûr, des propos émanant d'un esprit insane ne justifiaient pas un tel malaise, mais ma réaction échappait à toute maîtrise. Dans l'impossibilité d'étouffer l'émoi qui me tenaillait, aspirée par un vertige encore plus profond que celui du jour de mes fiançailles, je m'égarai dans un labyrinthe de pensées pétries de peurs et de doutes. À l'évidence, le trouble était irréversible.

Un dernier cours inquiétant

D'un pas mécanique, je pénétrai dans l'amphithéâtre lambrissé. D'ordinaire, le contraste de température avec l'extérieur me rassérénait. Mais ce jour-là, l'esprit captif d'une obsédante inquiétude, je fus indifférente à la chaleur bienfaisante. Sans prêter la moindre attention à la nuée d'étudiants volubiles qui avait déjà pris place sur les sièges disposés en arc de cercle, je montai précautionneusement plusieurs marches et m'installai à ma place habituelle : en bordure du sixième rang. Après avoir salué du bout des lèvres mes voisins, j'ôtai mon manteau, mes gants, dénouai l'écharpe de laine grise nouée autour de mes boucles auburn relevées en chignon couronne, réajustai les lunettes à monture d'écaille juchées sur mon nez, puis extirpai un cahier et plusieurs crayons de ma besace. Bras croisés à la lisière du pupitre en bois vermoulu, j'étais perdue dans mes réflexions. Murée dans le mutisme, regard rivé sur le tableau noir tapissant le mur du fond, je n'entendais rien du bourdonnement ambiant.

Le silence pesant qui envahit soudainement l'amphi me ramena à la réalité. Juste à temps pour me lever comme les autres élèves, debout dans un même élan respectueux. Le professeur Gerstheim, éminent spécialiste en biochimie, venait d'entrer.

Cheveux argentés en bataille, l'homme de petite corpulence se dirigea d'une démarche élastique vers la longue table installée sur l'estrade pour y déposer son cartable de cuir noir d'où il retira plusieurs fascicules de notes manuscrites. Puis, d'un signe de la main, il invita l'assemblée de futurs médecins à se rasseoir. L'ultime cours du trimestre démarra.

Durant deux heures, le professeur détailla les ravages de l'anoxie[5], mentionnant que, lors de la dernière guerre, des milliers de soldats ennemis avaient été décimés après avoir été contaminés par des gaz de combat. Ses explications me troublèrent tant que je ne pus m'empêcher d'imaginer l'atrocité des souffrances engendrées par ces armes chimiques. Spasmes, vertiges, vomissements, brûlures, tétanie, paralysie, suffocation, asphyxie… Tous les symptômes provoqués par l'inhalation de telles substances toxiques, menant inéluctablement à la mort, furent minutieusement passés en revue. Cela me terrifia d'autant plus que Monsieur Gerstheim conclut son enseignement sur une note

---

[5] Anoxie : réduction d'oxygène dans les tissus de l'organisme.

des plus alarmantes. Selon lui, les recherches dans ce domaine connaissaient un récent regain d'intérêt. Pour étayer sa remarque, il précisa que des bruits circulaient au sujet de l'optimisation des performances et du conditionnement industriel d'un gaz[6] mis au point une quinzaine d'années auparavant. La réaction fut immédiate dans les rangs des étudiants jusqu'alors silencieux. Après la stupeur, les murmures enflèrent et serpentèrent dans la salle. Sa réflexion laissait supposer l'imminence d'un conflit encore plus barbare que le précédent. La curiosité piquée au vif, oubliant le respect dû à leur professeur, certains élèves haussèrent subitement la voix. De façon impromptue et désordonnée, les interrogations fusèrent :

« *Avez-vous des preuves de vos affirmations ? Quelles sont vos sources ? Que sous-entendez-vous ? Connaissez-vous les plans du Führer à ce sujet ? Sommes-nous à la veille d'une nouvelle guerre ?... »*

Visage figé, l'enseignant resta coi plusieurs secondes. Sans doute n'avait-il pas imaginé un tel écho à ses propos. Manifestement mal à l'aise vis-à-vis de la pertinence des questions, il les éluda d'un

---

[6] Le cyanure d'hydrogène (*Zyklon B* que les nazis utiliseront dans les chambres à gaz durant la Seconde Guerre mondiale) est un gaz toxique qui tue par anoxie.

sourire emprunté et se contenta de souligner que la rumeur, sans réalité tangible, ne justifiait pas de s'en inquiéter outre mesure. Puis, indifférent au brouhaha suscité par sa réponse ambiguë, Monsieur Gerstheim rangea ses affaires avant de s'éclipser.

Loin d'apaiser les étudiants, ses derniers mots avaient amplifié le trouble. Le doute qui s'était immiscé généra des conversations animées aux quatre coins de l'amphi. Les esprits féconds échafaudèrent toutes sortes d'interprétations. Les points de vue s'échangèrent et des théories aussi extrêmes que farfelues émergèrent.

Abasourdie, je préférai m'abstenir de toute participation aux débats. Mon quotidien était déjà suffisamment encombré de véritables motifs de préoccupation pour ne pas l'alourdir de sombres perspectives, fondées sur des informations invérifiables. Seules quelques syllabes, visant à prendre congé de mes camarades, s'évanouirent sur ma bouche tandis que j'enfilais mon manteau et enrubannais ma tête de l'étole de laine. Ainsi caparaçonnée, je me dirigeai vers la sortie lorsqu'un étudiant m'apostropha brutalement :

– Hé, Bloomfeld ! Oui, toi, la Juive ! Tu en penses quoi de ces rumeurs ?… Bien sûr, tu ne dis rien. Tu ne dis jamais rien ! Tu te crois forte ?

Pourtant, ce mystérieux gaz pourrait bien servir un jour à débarrasser l'Allemagne des vermines de ton espèce ! lança Hans, ponctuant ses propos abjects d'un ricanement arrogant.

Aussitôt, les discussions s'interrompirent. Dans la salle étouffée sous un silence de plomb, tous les yeux se braquèrent sur moi. Le cœur battant à tout rompre, je m'immobilisai l'ombre d'une interminable seconde. Le visage cramoisi par l'onde de colère qui venait de me submerger, je me tournai vers le trublion et le fusillai d'un regard glacial, plus expressif que n'importe quelle parole. Apparemment impassible, je poursuivis mon avancée en direction de la porte de l'hémicycle plongé dans une hébétude aux allures de sidération.

Depuis plusieurs mois, les allusions désobligeantes à mon encontre étaient légion. Mon appartenance notoire à la communauté juive m'avait déjà valu des remarques sur l'hygiène de mes cheveux, les singularités de mon faciès - notamment la longueur de mon nez -, l'immensité de ma fortune supposée, la mesquinerie de ma prétendue avarice usurière… Je m'étais toujours retranchée dans le silence, feignant l'indifférence afin de ne pas attiser l'animosité du groupuscule d'étudiants ultranationalistes mené par Hans. Mais ce jour-là, pour la toute première fois, un seuil avait été franchi dans l'escalade de l'antisémitisme. Les dernières paroles du provocateur avaient été d'une violence inouïe.

Insupportables. Intolérables. Inacceptables.

Je savais qu'une répartie n'aurait qu'envenimé la situation. Aussi m'étais-je efforcée de gagner la sortie en muselant à la lisière de mon palais le cri de rage qui implosa au fond de ma gorge.

Le déclic

À l'extérieur de l'Université, un soleil blafard perçait imperceptiblement les nuées argentées dont le ciel était gonflé. Dans ma tête, les réflexions ne cessaient de s'entrechoquer dans un tournis vertigineux. Tels des wagonnets oscillant sur un grand huit, les tourments et contrariétés de la matinée défilaient sans fin. Iris embrumés, joues empourprées, lèvres toujours soudées, tempes emprisonnées entre les mâchoires de l'étau d'une colère bouillonnant dans toutes les cellules de mon corps, je me hâtais de rejoindre l'appartement de mes parents. Les cloches de la Cathédrale Française venaient de sonner les douze coups de midi. Au diapason du martèlement saccadé des talons de mes bottines sur le sol verglacé, mon cœur tambourinait *fortissimo*. Une douleur mordante serrait ma poitrine engoncée dans un corset d'anxiété asphyxiante. Le pas bien trop rapide me fit haleter. Une halte s'imposait pour réduire l'emballement cardiaque et reprendre une respiration normale. À une poignée de mètres de mon domicile, je m'adossai contre la façade de briques bistre d'un immeuble. Paupières closes, peu à peu le cycle « *inspiration expiration* » se fit plus régulier. Quelques secondes plus tard, alors que je jugeais avoir suffisamment récupéré pour poursuivre la route, mon regard s'ancra sur la devanture d'une boutique située de l'autre côté de la rue.

À cet instant précis, une idée insensée traversa mon esprit de façon fulgurante. Aussi soudaine qu'impérieuse, la nécessité d'en parler à mon fiancé s'imposa.

Le souffle encore court, je pivotai précipitamment sur moi-même, rebroussai chemin et bifurquai sur la première voie à gauche : direction le Centre Hospitalier où Élie terminait sa formation de médecin généraliste.

Dès lors, ce fut une jeune femme différente qui arpentait les rues de Berlin. Ma démarche toujours dynamique, mais plus coulée témoignait de la métamorphose. Le projet, né moins d'un quart d'heure auparavant, semblait avoir chassé, comme par magie, le flux d'énergie négative qui m'avait étouffée. Même le froid pinçant se révélait désormais sans prise sur moi. J'étais comme libérée de mon fardeau.

En réalité, obnubilée par le dessein qui s'articulait progressivement dans ma tête, je ne prêtais aucune attention à l'environnement. Indifférente aux passants et aux rares décorations dont la capitale s'était parée à l'approche des fêtes de fin d'année, je me faufilai jusqu'à l'Hôpital.

Une révélation impérieuse

Sans prendre le temps de contourner l'austère édifice à l'arrière duquel se situait l'accès réservé aux étudiants et au personnel hospitalier, je franchis le seuil de l'entrée principale comme une fusée. Nullement incommodée par l'écœurante odeur d'éther qui planait dans le hall, je me dirigeai vers la réception, passage obligé pour tous les visiteurs. Derrière le guichet d'accueil, opportunément désert, une infirmière sans âge ni grâce inscrivit sur un imposant registre mon identité, l'objet de ma visite ainsi que l'heure. Suspendue au mur face à moi, l'horloge joufflue cerclée de métal indiquait midi et demi. Cette formalité remplie, je m'engouffrai dans un corridor d'un pas si énergique que le claquement heurté de mes semelles sur le sol résonnait entre les parois carrelées de blanc fané. Tout au bout se trouvait la salle où mon fiancé prenait une pause en milieu de journée.

Après avoir toqué à la porte, je l'entrebâillai. Dans le réduit sommairement meublé, assis autour d'une table de bois rectangulaire, les membres du corps médical qui s'entretenaient s'interrompirent en découvrant ma silhouette dans l'embrasure. Parmi eux, une large carrure enveloppée d'une blouse blanche se détachait : Élie. La bouche entrouverte d'étonnement, il me fixa, une ombre d'inquiétude dans les reflets ambrés de son regard. Seul un motif très sérieux pouvait justifier ma présence, car je savais pertinemment que le moindre écart pendant son service pouvait être assimilé à une faute aux conséquences désastreuses. Le maintien de son poste d'interne, décroché en dépit du nombre de places extrêmement réduit, pouvait même être remis en question. Manifestement embarrassé, il se leva, me rejoignit et m'entraîna hors de la pièce exiguë en posant délicatement une main protectrice sur mon dos.

Quelques mètres suffirent à nous mettre à l'abri des regards épieurs et des oreilles indiscrètes. Tapis dans un recoin du couloir, nous commençâmes à chuchoter :

— Qu'est-ce qui t'arrive, Sarah ? Ça ne pouvait pas attendre ce soir ? prononça-t-il précipitamment sur un ton rugueux, tout à fait inhabituel.

— Non… Non, mon chéri ! C'est trop important. Vital, même.

Agacé autant qu'intrigué, Élie mordilla nerveusement la lèvre inférieure de sa bouche tourmentée. Tandis que ses phalanges remontaient une mèche brune qui rebiquait de façon rebelle sur le front, sa réplique explosa sèchement :

– Eh bien, dis-moi ce qui est si important. Mais vite, s'il te plaît. Je ne peux pas m'absenter trop longtemps. C'est risqué.

Les mots se bousculèrent. Je lui racontai d'une seule traite la succession d'évènements des dernières heures. D'abord ma rencontre avec Hannah et la résurgence du violent malaise que je croyais enfoui. Puis le cours de biochimie achevé dans l'amertume et la confusion d'un horizon enténébré. Enfin, cerise moisie sur ce gâteau pourri, l'attaque ignominieuse de Hans qui relayait sans ambiguïté la volonté du parti nazi d'éliminer tous les Juifs d'Allemagne. Élie m'écouta attentivement. Puis, accompagnée d'un haussement d'épaules, révélateur de son impuissance, sa réponse exprimée d'une voix adoucie fut sans surprise :

– Nous savons tous que notre avenir dans une Allemagne malade est compromis. Ici aussi, des bruits courent à propos d'une fabrication massive de *Zyklon B*[7]. Mais que pouvons-nous faire concrètement ? Nous n'avons que deux choix : la soumission en priant pour que la tempête se

---

[7] Idem à note 6

calme ou bien l'exil. Nous ne pouvons pas envisager cette seconde solution dans l'immédiat. De toute façon, l'obtention d'un visa est un véritable parcours du combattant, jalonné de fastidieuses tracasseries administratives. De plus, avoue que ce serait dommage de partir, à quelques mois de ma soutenance de thèse. Peut-être après notre…

Bouillant d'impatience, je lui coupai la parole :

– Non, Élie ! Non ! Je ne peux plus et surtout ne veux plus attendre ! Nous sommes en permanence rongés par l'humiliation, la peur, l'anxiété. Nous allons en mourir si nous ne bougeons pas. Écoute-moi, chéri. La dictature nazie nous broie chaque jour davantage. Tous les murs de la ville sont placardés de propagande infamante qui nous désigne comme les parasites du peuple allemand. Les croix gammées pavoisent à tous les coins de rue. Je ne comprendrai jamais par quelle noire alchimie, une simple rotation a pu transfigurer le pacifique *svastika*[8] en vecteur de monstruosités. Hier encore, j'ai vu des affiches de l'opéra

---

[8] Le *svastika* (卐) : symbole universel en Europe, Afrique, Amérique, Asie… est une croix composée de quatre potences en forme de gamma grec capitale (Γ), d'où l'appellation *croix gammée* qui lui est parfois donnée. Le svastika pointant vers la droite, incliné de 45 degrés, avait été adopté comme emblème par le parti nazi.

d'Offenbach « *Orphée aux enfers* » qui en étaient entièrement souillées. Le compositeur a disparu depuis plus d'un demi-siècle et les nazis vilipendent son œuvre uniquement parce qu'il était Juif. Si Orphée était aux enfers, nous le sommes tout autant. Notre communauté est accusée de tous les maux dont souffre l'Allemagne. Je ne supporte plus cette haine. J'ai mal. Si mal… Et ce matin, j'ai eu le déclic. Alors que j'étais presque arrivée chez mes parents, j'ai été bouleversée par une scène devant la bijouterie Stern, maculée d'affichettes. Face à vitrine barbouillée de l'inscription « *Jude Raus !* »[9] et de l'étoile de David badigeonnée à la peinture blanche, j'ai…

— Mais Sarah, la propagande, le boycott, la marginalisation, l'exclusion et que sais-je encore sont le lot de tous les Juifs d'Allemagne depuis presque trois ans ! lâcha-t-il, visiblement excédé.

— Je sais, je sais… mais laisse-moi seulement terminer. J'ai vu Monsieur Stern sortir de sa boutique, encadré de deux policiers en uniforme et d'un autre en civil. Le vieil homme pleurait comme un enfant désemparé. J'ignore pourquoi ils l'ont emmené. Certainement une arrestation arbitraire de

---

[9] « *Jude Raus !* » : « Les Juifs dehors ! »

plus. J'étais effondrée, torturée entre le désir et la crainte d'intervenir.

— Je comprends ta rage et ton désarroi, Sarah, mais rassure-moi, tu n'es pas venue jusqu'ici uniquement pour me parler de ce bijoutier, n'est-ce pas ?

— Effectivement, Élie. Ne me demande pas pourquoi, mais au moment précis où je l'ai vu disparaître dans la voiture de la *Gestapo*[10], j'ai ressenti une sensation indicible, comme si un électrochoc secouait tout mon corps. Simultanément, une vision s'est imposée aussi limpide et évidente qu'une illumination. Il fallait que je t'en parle. Immédiatement.

— Tu veux infiltrer les milieux résistants ? interrogea-t-il alors d'une voix blanche.

— Non ! ai-je répliqué, presque amusée. Pas du tout, chéri. Leurs actions permettent de ne pas stagner dans un immobilisme insupportable, mais leur combat dans l'ombre est voué à l'échec. Non, Élie. Il n'existe qu'une solution à l'élimination radicale de la machination démoniaque dont nous sommes la cible. Et toi seul peux m'aider à la mettre en œuvre, car j'ai décidé de… tuer Hitler !

---

[10] La *Gestapo* : acronyme tiré de l'allemand : *Geheime **Staa**tspolizei* (Police secrète d'État) était la police politique du troisième Reich.

– Tuer Hitler ? reprit-il en écho d'un ton incrédule… Mais tu as perdu la raison ! Cette matinée t'a complètement déboussolée, ma pauvre chérie. Rentre vite te reposer ! Allez, dépêche-toi ! À ce soir !

Ostensiblement courroucé et soucieux, Élie coupa court à la conversation qui menaçait de dériver sur un terrain malsain et dangereux. Sans le moindre signe de tendresse ni même un sourire, il se détourna et regagna prestement la salle de repos. Face à une réaction aussi abrupte et cassante, je restai médusée. Sans aller jusqu'à imaginer une adhésion immédiate et enthousiaste, j'avais tout de même escompté davantage de compréhension et de complicité de sa part.

Déception éphémère. Aspirée dans le tourbillon d'une exaltation qui m'entraînait hors de toute réalité, je repartis confiante. À l'évidence, le temps m'aiderait à rallier Élie au bien-fondé de mes intentions. Au fil du dédale de rues menant à mon domicile, la résolution devenue obsession s'étoffa progressivement. Les pièces du puzzle encore flou d'un projet totalement fou commençaient à s'emboîter.

Les premiers jalons

Je franchis le seuil de l'appartement aux alentours de quatorze heures. Toujours plongée dans mes pensées, je fus déconcertée par l'accueil qui me fut réservé. Traits crispés, révélateurs des tracas qui la taraudaient en cette période mouvementée, ma mère m'assaillit d'une myriade d'interrogations au sujet de mon arrivée tardive. Il était hors de question de la tourmenter en évoquant les péripéties de la matinée, aussi me bornai-je à faire croire que le cours de biochimie s'était prolongé en discussions interminables. Mentir n'était pas dans mes habitudes, mais dans ce cas précis, il s'agissait d'un pis-aller destiné à désamorcer l'inquiétude. Consciente que l'argument n'était pas franchement convaincant, je m'efforçai de gommer toute suspicion en feignant d'apprécier la collation : un sandwich au *pastrami* et une compote de pommes faite maison. En réalité, l'appétit avait déserté mon corps asservi à un esprit obnubilé par l'élaboration du dessein qui monopolisait mon énergie.

Mon attitude absente n'échappa pas à la sagacité de ma mère qui m'incita à aller me reposer. Trop heureuse de me soustraire aux derniers préparatifs du shabbat, je regagnai ma chambre, me promettant d'évoquer ma malencontreuse invitation à l'égard d'Hannah ainsi que l'arrestation de Monsieur Stern au cours du repas du soir. Mon plan, quant à lui, devait demeurer secret. Impérativement.

Mue par un impérieux désir d'ordonner les idées qui tournaient dans mon cerveau, je m'assis à mon bureau. Pendant plus deux heures, je noircis frénétiquement les pages d'un petit cahier à couverture bleue, tissant le canevas de plusieurs scénarios. À la relecture et après réflexion, certains furent éliminés en raison de leur difficulté - voire impossibilité - de concrétisation. En revanche, une certitude finit par émerger. À l'évidence, le moyen le plus « facile » à mettre en œuvre était… le poison qu'il faudrait faire ingérer au Führer par absorption d'un aliment, ou mieux, d'une boisson. La substance devrait obligatoirement être inodore, incolore, sans saveur et à effet retardé, cette dernière caractéristique étant indispensable pour éviter tout soupçon. De mes connaissances en pharmacologie se détachaient deux toxines susceptibles de répondre à ces critères : la Digitaline et la Scopolamine. L'idéal serait bien sûr qu'Élie m'aiguille vers le bon choix et qu'il me fournisse le principe délétère en le subtilisant dans les stocks de l'Hôpital. Mais au vu de sa réaction première, il allait falloir déployer des trésors d'ingéniosité pour le persuader de collaborer.

Je décidai de lui parler le soir même, après le dîner. Selon son attitude, j'évoquerais la façon dont l'empoisonnement pourrait être mis à exécution. D'ailleurs, les perspectives étaient beaucoup plus nébuleuses à ce sujet. Comment une petite étudiante juive pourrait-elle approcher Hitler ? Songeuse, je posai mon regard sur une enveloppe sur ma table de travail. La solution était là… Dans la représentation d'un sportif sur le timbre à l'effigie des futurs Jeux olympiques d'été à Berlin. Dans un flash, la scène se visualisa. J'agirais dans le stade d'athlétisme, en août prochain…

Entortillée dans un tourbillon d'excitation, je continuai à ébaucher les premières lignes directrices d'une machination dont le temps me permettrait de peaufiner les détails de réalisation.

Vers dix-sept heures, mon attention commença à faiblir. Mes paupières alourdies de fatigue me poussèrent à m'allonger. Aussitôt gagné par le sommeil, mon corps agité de soubresauts sombra dans l'étreinte d'un cauchemar où s'enchevêtrèrent des sensations insoutenables :
« *Dans une gare obscure, j'attendais, perdue dans la foule composée d'une nuée d'hommes, femmes,*

enfants, tétanisés par la peur. Le froid était brûlant et le silence assourdissant. Des hurlements aboyés par des hommes en uniforme brun déchiraient la nuit. Je fus alors propulsée dans un wagon à bestiaux où la puanteur était insupportable. L'odeur âcre me donna la nausée. Entassée avec ces inconnus, je partais pour un voyage en enfer. Lorsque le train s'arrêta, je découvris un quai où des spectres flottaient. On me jeta sur le sol glacé. À cet instant, une douleur fulgurante irradia mon bras. Un poignard transperçait la peau de mon poignet pour y incruster un numéro... »

Réveillée en sursaut, intégralement trempée de sueur, je suffoquais. De ma bouche chuintèrent encore des gémissements plaintifs. J'étais terrifiée. Sidérée. Indubitablement, les paroles d'Hannah, enracinées dans mon inconscient, s'étaient manifestées dans une vision fracassante.

Une poignée de secondes suffit à effacer la frayeur. Un sourire de soulagement, presque triomphant, se dessina sur mes lèvres. J'étais persuadée que ce cauchemar n'était qu'un message destiné à conforter ma conviction et à renforcer ma détermination. Je devais tout mettre en œuvre pour réaliser mon plan.

Un shabbat mémorable

Le soir même, au moment où Élie pénétra chez mes parents, son regard inhabituellement sombre n'échappa pas à ma mère, venue lui ouvrir. La curiosité et l'anxiété naturelles de cette dernière se traduisirent aussitôt par une salve de questions. Il les éluda d'un fade sourire de façade, prétextant des tracas professionnels. La réalité était certainement autre. Tourmenté par les ultimes paroles de notre conversation dans le corridor de l'Hôpital, sans doute s'interrogeait-il sur mon extravagante audace et sur l'énormité de mon intention. Il se demandait sûrement si je n'avais pas perdu la raison pour envisager d'éliminer Hitler toute seule...

Après avoir suspendu son manteau et son chapeau à la patère au-dessus du guéridon de l'entrée, il se dirigea vers la salle à manger où je l'accueillis d'un baiser furtif. Quelques mots murmurés en catimini scellèrent notre complicité. Nous reparlerions de « ça » plus tard. Soucieux de ne pas inquiéter davantage la famille, nous adoptâmes une attitude faussement détachée et regagnâmes la table dressée pour cette veille de shabbat.

Sur la nappe blanche, deux pains tressés recouverts d'un napperon et une coupe de vin attendaient la prière du *Kiddouch*[11] avant d'être partagés. Mais l'ambiance enjouée des *shabbats* d'antan n'était plus qu'un souvenir. Chaque semaine, le climat s'assombrissait davantage. Ce soir-là, à la morosité se superposa une âpre amertume quand je commis la maladresse de relater ma rencontre avec Hannah et surtout la regrettable invitation que je lui avais adressée. Les paroles de la singulière cousine avaient laissé de si profonds stigmates dans l'esprit de chacun qu'il était inenvisageable de la recevoir à nouveau, pas plus pour *Hanoukka* que pour toute autre occasion.

Mon évocation avait été chassée par un silence dense entrecoupé d'échanges sporadiques, concentrés sur la vague d'antisémitisme qui éclaboussait les communautés juives d'Allemagne et celles essaimées en Europe et à l'Est.

Tandis que les plats défilaient, je m'engageai à nouveau sur un terrain glissant avec le récit de l'arrestation du vieux Stern dont j'avais été témoin en fin de matinée. Les réactions furent diverses.

---

[11] Dans le judaïsme, le *Kiddouch* (signification hébraïque : « sanctification ») est une bénédiction prononcée sur une coupe de vin ou de jus de raisin cacher lors du shabbat ou d'un jour de fête.

Fatalistes vis-à-vis de ce genre d'exactions chroniques, mes parents se contentèrent de soupirer et de s'en remettre à Dieu. Étouffée sous un manteau de peurs et de résignation, vieux de plus de cinq mille cinq cents ans, l'insoumission se manifestait rarement dans les familles juives. En revanche, Élie m'adressa un regard appuyé, mélange d'inquiétude et de colère sourde. Sa crainte de me voir m'embourber sur la piste de la rébellion était palpable. « *Pourvu qu'elle n'évoque pas son projet fou !* », avait-il dû songer à cet instant-là. Saisissant le message subliminal, je le rassurai d'un sourire. Je n'avais nulle intention d'alourdir les soucis de mes parents en exposant mes desseins. Mon père était devenu si taciturne ! Depuis le boycott des professions libérales en avril 1933, la plaque de son cabinet de chirurgie orthopédique avait été mâchurée d'inscriptions exhortant le peuple allemand à bannir toute consultation chez lui. Si, en dépit de la mesure discriminatoire, sa patientèle (essentiellement issue de la communauté juive) était restée constante, l'Hôpital menaçait de suspendre prochainement son droit d'y opérer. Ma mère, quant à elle, avait été « priée » de quitter son poste d'infirmière, deux ans auparavant. Conséquence directe : l'argent commençait à manquer. Il était même question de vendre notre résidence d'été, une maison rustique au bord du Lac Müritz[12], et de déménager de ce quartier bourgeois pour un logement plus modeste. L'exil ? Bien sûr, nous y avions songé, d'autant que nombre de nos coreligionnaires avaient déjà fui vers d'autres contrées européennes, l'Amérique ou la Palestine… Toutefois, jusqu'à présent, l'espoir utopique d'un avenir meilleur nous avait incités à rester enracinés dans cette terre qui nous avait vus naître. Le repas se conclut au diapason de son déroulement : morne et sans entrain.

À la fin du dîner, la tension était toujours perceptible sur le visage d'Élie. Un sourire timoré au coin des lèvres, il effleura ma joue et susurra quelques mots à mon oreille. Nous nous éclipsâmes vers une pièce à l'écart où le dialogue démarra :

— Je vois que tu vas mieux qu'à midi, ma douce. J'ai vraiment eu très peur, tu sais. Ton regard était… comment dire ? Si bizarre. Tu semblais habitée, possédée par cette idée diabolique. Cela ne te ressemble pas du tout. Toi si réfléchie et pondérée habituellement ! Promets-moi de ne plus jamais me faire ce genre de frayeur. Je t'aime tant, murmura Élie sur un ton câlin.

---

[12] Le lac Müritz est situé dans le nord de l'Allemagne à 180 kilomètres de Berlin.

— Mon chéri, je suis désolée de t'avoir contrarié à ce point, mais tu risques de l'être encore davantage, car l'idée diabolique, ainsi que tu la qualifies, a continué à faire son chemin. À présent, je sais comment et quand agir… avec ton aide, si tu le veux bien !

— Non Sarah ! Non ! Jamais, je ne pourrai cautionner un projet qui va à l'inverse de tout respect de la vie d'autrui, fût-elle celle d'un dictateur. Personne ne peut se substituer à Dieu, tu le sais. Cela va te mener directement à la mort, c'est évident. Des groupes de résistants aux structures aguerries s'y sont essayés. À ma connaissance, toutes les tentatives se sont soldées par des échecs cuisants. Des représailles sanglantes ont été ordonnées à l'encontre des fomenteurs, arrêtés, torturés et fusillés sans autre forme de procès. Hitler est fou. Un fou furieux, manipulateur, paranoïaque, sous protection militaire vingt-quatre heures sur vingt-quatre. Comment peux-tu imaginer seulement l'approcher et pire encore, le tuer ?

— J'ai pensé à tout, Élie. Il faut seulement du temps pour peaufiner tous les détails et nous avons plusieurs mois devant nous…

Sans lui laisser le temps de la moindre réplique, j'exposai la trame de mon scénario. Élie m'observait en hochant la tête dans un mouvement de balayage où alternaient incrédulité, incompréhension, désarroi. Teint blême, yeux éberlués, sourcils arqués, bouche tordue, il enchaînait soupirs et signes d'impuissance mêlée d'exaspération. Aspiré dans le maelström qui l'engloutissait chaque seconde un peu plus, il semblait s'enliser. Les rares mots franchissant la lisière de ses lèvres s'écrasèrent sur le mur de ma motivation sans bornes. Élie finit par lâcher prise en feignant une éventuelle adhésion. Il pensait sûrement qu'une fois l'excitation et l'euphorie passées, je prendrais la mesure de ma démesure et abandonnerais ce complot voué à une faillite quasi certaine. Peut-être dès le lendemain, après une nuit de repos ? Quand il prit congé, je regagnai ma chambre. Blottie dans le lit où le sommeil tardait à me happer, je continuai à structurer mon plan.

Le rêve d'un autre monde était à portée de main…

Deuxième partie (Berlin, août 1936)

Une cérémonie grandiose

Le grand jour arriva le samedi 1ᵉʳ août 1936 !

Après d'inlassables répétitions, la cérémonie d'ouverture des Jeux Olympiques démarra en début d'après-midi. Seul le climat ne souriait pas à la fête qui se voulait prestigieuse. Dans une atmosphère plutôt fraîche pour la saison, un ciel triste, gorgé de nuages laiteux, surplombait le gigantesque stade ovale, symbole de l'architecture et la propagande fascistes. Après avoir parcouru en grand apparat les rues de Berlin et traversé la Porte de Brandebourg, le Chancelier Hitler et son cortège d'invités (membres du Comité d'organisation et ses fidèles Goebbels et Goering) pénétrèrent dans le stade. Les fanfares résonnèrent tandis que le leader du troisième Reich gagnait la tribune officielle sous les vivats d'une foule galvanisée. Unis dans un même salut nazi, bras droit levé vers le ciel, cent mille spectateurs fanatiques scandaient : « *Heil Hitler ! Wir gehören Dir.* »[13]. Au premier rang de la loge, le Chancelier retint son exultation. Seuls le pincement de ses lèvres et une singulière lueur dans le regard trahissaient l'orgueil et la fatuité qui le

---

[13] « *Wir gehören Dir* » : « Nous t'appartenons ».

submergèrent au moment où les festivités furent lancées.

Simultanément, dans le renfoncement d'un des innombrables couloirs, des membres du personnel chargé de l'accueil grappillaient en coulisse les miettes du spectacle. Parmi la nuée de jeunes gens vêtus d'un impeccable uniforme de coton blanc (costume pour les hommes et tailleur pour les femmes) orné d'un écusson portant l'emblème olympique[14] sur le revers de leurs vestes, une blondinette aux mèches mi-longues ondulées surmontées d'un calot immaculé, détacha ses iris azur de l'exhibition pour les arrimer sur… le Führer. Sourire faussement admiratif plaqué sur le visage, j'étais méconnaissable…

D'ailleurs ici, nul ne me connaissait réellement. Les organisateurs d'une manifestation destinée à exalter la puissance et la modernité d'une Allemagne nazie, prônant la suprématie de la « race aryenne », n'auraient jamais engagé Sarah Bloomfeld. Aussi m'étais-je métamorphosée en Hilde Brück, discrète étudiante en histoire qui avait

---

[14] L'emblème des Jeux était une cloche sur laquelle les anneaux olympiques étaient surmontés de l'aigle germanique. La cloche portait l'inscription « *Ich rufe die Jugend der Welt !* » : « J'appelle la jeunesse du monde ! »

rejoint l'équipe des hôtesses, tout juste une semaine auparavant.

Tandis que la célébration se poursuivait dans le faste : danses folkloriques, défilé au pas cadencé des brigades de la jeunesse hitlérienne et des quarante-neuf délégations sportives venues du monde entier, ouverture officielle des olympiades par un Chancelier exceptionnellement concis - quinze mots à peine - lâcher d'oiseaux tourbillonnant dans les nuées d'un ciel voilé, coups de canon, hymne olympique interprété par mille choristes accompagnés de l'orchestre philharmonique dirigé par Richard Strauss, ovation de l'athlète, parfait morphotype aryen, brandissant fièrement la flamme qui embrasa la vasque… je masquais mon écœurement sous un visage apparemment réjoui et fuyais cet étalage de mégalomanie perverse en revivant le tumultueux parcours qui m'avait menée jusque-là…

Un peu plus de huit mois s'étaient écoulés depuis le 20 décembre 35, date où ma vie avait basculé. Ce soir-là, Élie était parti en imaginant que mon projet était une tocade. Le lendemain, une interminable discussion lui avait apporté la preuve de sa méprise. Loin de faiblir, ma détermination avait crû de façon exponentielle au cours de la nuit. Dans l'après-midi, arguments et contre arguments s'étaient échangés avec passion. Sa prudence, sa soumission et son réalisme objectif s'étaient opposés à ma hardiesse, ma rébellion et ma fantasmagorie utopique. Si nous n'y avions pas pris garde, l'abîme d'incompréhension et de désaccord, creusé à coup de mots, aurait pu engloutir notre relation si sereine jusqu'alors. La zone de turbulences n'avait été que passagère. La conversation s'était conclue sur un consensus. Élie avait accepté de m'apporter son soutien. J'avais promis d'être « raisonnable » et de renoncer à mon audacieux défi si trop d'obstacles venaient à surgir.

Dès lors, j'avais focalisé toute mon énergie sur l'accomplissement des différentes étapes consignées dans mon cahier secret.

J'avais d'abord modifié ma physionomie. La transformation s'était insinuée graduellement afin de limiter le flux de questions de la part de ma mère à qui rien n'échappait. Ma chevelure couleur châtain, peu à peu éclaircie à l'aide d'eau oxygénée, avait atteint une blondeur « quasi aryenne » en quelques semaines. Le chignon couronne avait été abandonné au profit d'une coiffure moins stricte. Le plus souvent, mes boucles ondulaient librement à la lisière de mes épaules ou bien étaient nouées au bas de la nuque en catogan. Mes épaisses lunettes rectangulaires avaient été troquées contre une paire à monture ronde et métallique. En parallèle, j'étais entrée en contact avec les milieux résistants afin de me procurer de faux papiers. Il avait fallu user d'une panoplie d'artifices pour les infiltrer et parvenir à mes fins sans m'impliquer exagérément dans des actions que je ne cautionnais pas, ni surtout dévoiler mes intentions réelles. L'obtention expresse d'un visa pour m'expatrier vers une Amérique aux frontières de moins en moins perméables avait servi de prétexte. En échange de divers coups de main à la rédaction et distribution de tracts, ainsi que deux cents reichsmarks, un passeport au nom d'Hilde Brück m'avait été fourni en mai dernier. Juste à temps pour postuler auprès de l'organisation centrale des Jeux Olympiques dont les équipes d'accueil étaient pratiquement au complet. La chance avait alors souri à ma mystification. Un bref entretien avait abouti à la signature d'un engagement en qualité d'hôtesse au stade d'athlétisme, pour une durée de trois semaines : la quinzaine des Jeux, précédée de huit jours d'instruction préparatoire.

Au fil de ces fastidieuses démarches, Élie m'avait toujours épaulée. De façon régulière, il m'avait servi d'alibi pour justifier auprès de mes parents des absences répétées et des comportements inhabituels. J'étais supposée mieux travailler mes cours avec lui.

Pour le choix du poison, il m'avait aiguillée sans hésitation sur la Digitaline, aux effets plus fiables que la Scopolamine ou autres substances similaires. Courant juin, il était parvenu à s'introduire dans la réserve pharmaceutique de l'Hôpital pour en subtiliser un flacon de quelques millilitres. Le projet orchestré selon une planification minutieuse s'était déroulé presque parfaitement. Seuls deux bémols avaient entaché la belle harmonie. Mon passage en quatrième année de médecine s'était fait dans la douleur. La baisse de concentration avait immanquablement impacté mes notes à l'examen final. Toutefois, en raison de mes résultats antérieurs et malgré les quotas de l'implacable numerus clausus, le jury m'avait repêchée in extremis.

En parallèle, la thèse d'Élie avait pris du retard. Ses travaux avaient tant piétiné que la soutenance, initialement prévue au début de l'été, avait dû être reportée à l'automne. Contre toute attente, la combinaison de ces éléments avait *permis de résoudre un épineux problème. En effet, comment légitimer auprès de mes parents une activité au sein des Jeux Olympiques nazis ? Tous les subterfuges échafaudés s'étaient effondrés au fil du temps. Mi-juillet, l'ultime solution, et sans doute la plus judicieuse, s'était imposée. Personne - famille et amis confondus - ne devant être informé, la parade avait consisté à faire croire qu'à cause de mon éprouvante fin de scolarité, il était souhaitable que je quitte la Capitale, envahie par le flot de touristes attirés par l'évènement, pour me ressourcer - seule - dans la maison familiale du Lac. De cette façon, Élie aurait toute latitude pour finaliser ses travaux pendant que j'engrangerais calme et repos afin d'affronter la prochaine rentrée plus sereinement. Nous avions usé de tout notre pouvoir de persuasion pour convaincre des parents sceptiques au sujet du bien-fondé de cette proposition. La vague d'arguments qui avait déferlé plusieurs jours durant avait fini par les faire fléchir. In extremis, il avait été convenu que je me rendrais à Müritz par le train du dimanche 27 juillet.*

En réalité, ce jour-là, j'avais rejoint une mansarde située au dernier étage d'un immeuble proche du stade olympique. Abritée dans cette cache peu confortable, mon imposture avait débuté.

Au terme de cette première journée de travail, je rentrai dans mon refuge en traversant un dédale de rues où des kyrielles de drapeaux olympiques, frappés de la croix gammée, pavoisaient sur les monuments et bâtiments d'une capitale en fête et noire de monde. Toutefois, la plupart des visiteurs ignoraient que le régime nazi camouflait habilement la virulence de sa politique raciste ; les avis interdisant les Juifs dans les hôtels et les restaurants avaient été retirés ; sur les façades ravalées, tous les panneaux, affiches, slogans, inscriptions avaient disparu ; en quelques jours, les journaux avaient édulcoré leurs attaques. Toute trace d'antisémitisme avait été gommée. Comme par enchantement. Bien sûr, je n'étais pas dupe. À l'évidence, cette trêve instaurée pour la durée des Jeux n'était qu'une illusion destinée à rassurer les acteurs présents à Berlin et à véhiculer l'image (fausse) d'une Allemagne pacifique et tolérante. En réalité, les exactions de la dictature hitlérienne étaient légion.

Ainsi, depuis le début de cette année-là, les Juifs avaient été spoliés du droit de vote, le traité de Versailles violé, la Rhénanie occupée, des centaines de Tziganes arrêtés et relogés de force à Marzahn[15]…

Sans conteste, Hitler était un mystificateur et les Jeux n'étaient qu'un instrument pour servir son dessein perfide : prouver de manière éclatante la prétendue suprématie de la « race aryenne ». Mais, dans très peu de temps, mon plan allait saper, de façon tout aussi éclatante, le régime totalitaire…

---

[15] Marzahn était un quartier situé à l'est de Berlin. Tous les Tziganes de la Capitale (environ six-cents), arrêtés le 16 juillet 1936, y furent regroupés sur un terrain vague, près d'un cimetière et d'une décharge publique.

Le jour-J

Si pour mon entourage, j'étais censée me reposer au bord du Lac, la réalité était tout autre. Depuis quatre jours j'évoluais dans l'équipe des ouvreuses du stade. Malgré un délicat maquillage : cils ourlés de rimmel noir, pommettes ombrées de poudre pêche et bouche enluminée de rouge cerise, mon visage marqué de cernes sous des yeux étrécis témoignait d'une profonde fatigue. Les incessantes allées et venues dans ce site tentaculaire m'épuisaient d'autant plus que mes orteils, comprimés dans les escarpins trop étroits fournis par l'Organisation, me faisaient horriblement souffrir. Je tâchais toutefois de conserver un indéfectible sourire ancré sur mes lèvres. La décision, prise la veille au soir en accord avec Élie, était irrévocable. J'allais agir ce mardi 4 août…

À la faveur de mon activité, j'avais pu constater que depuis le début des Jeux, le Chancelier assistait aux épreuves d'athlétisme chaque après-midi et qu'aux alentours de dix-sept heures, un thé et des mignardises lui étaient servis dans sa loge. Or, la semaine précédente, lors de l'initiation, en furetant dans une coursive réservée aux Officiels, j'avais repéré une porte marquée :

« *Küche - Eintritt verboten* »[16] en lettres brunes. Si cela m'avait alors intriguée, j'avais compris depuis que cette mystérieuse pièce, sans doute dédiée au stockage des boissons et à la préparation des collations de la tribune d'honneur, serait la pierre angulaire de mon projet.

À l'image des précédentes, la journée défila à un rythme d'enfer. Dans une température toujours fraîche, les épreuves se succédèrent avec leurs lots de surprises. Le matin, Jesse Owens s'était qualifié de justesse pour la finale du saut en longueur qui devait avoir lieu en milieu d'après-midi. Ce même noir Américain avait remporté la course du cent mètres la veille. Lors du franchissement de la ligne d'arrivée, il avait été peu acclamé par une foule manifestement désenchantée. Hitler, quant à lui, avait réprimé un mouvement de dépit et de colère avant d'applaudir tièdement l'homme de couleur qui venait d'infliger un premier revers cinglant à l'Allemagne aryenne. Ensuite, le Chancelier avait quitté abruptement la tribune pour rejoindre la pièce attenante où il félicitait, à l'abri des regards et à sa guise, des sportifs triés sur le volet. Aux antipodes des critères raciaux encensés par le dictateur nazi,

---

[16] « *Küche - Eintritt verboten* » : « Cuisine - Entrée interdite ».

l'Américain n'avait, bien entendu, pas eu ce « privilège ». Depuis ce mini séisme, le Führer n'était pas réapparu dans l'enceinte sportive.

À seize heures quinze, l'inquiétude commença à s'insinuer dans mon esprit. Mon imagination s'embourbait progressivement dans un magma d'hypothèses alarmistes et de suppositions saugrenues. Même si l'absence d'Hitler était fortement improbable ce jour-là (l'Allemand Luz Long avait de grandes chances de remporter l'épreuve de saut en longueur), cette perspective devenait obsession. Dans le cas où il ne viendrait pas, ma machination serait totalement remise en question. Pour conjurer le sort, je décidai tout de même de suivre point par point le plan prévu. Le dictateur finirait certainement par arriver.

À seize heures vingt-cinq, le déclenchement du processus était imminent. Cinq minutes plus tard, je serais en pause pour vivre le quart d'heure le plus crucial de mon existence.

À seize heures trente, sans perdre un instant, je me dirigeai d'un pas assuré vers la galerie de la loge officielle. Alors que j'arpentais un interminable dédale de couloirs, une salve d'applaudissements ponctués de « *Heil Hitler !* » frénétiques résonna dans mes tympans. D'évidence, le Chancelier venait de faire son entrée. Aussitôt mon allure s'accéléra. Le rythme du cœur enfla *crescendo*. Dévorées par une sourde fébrilité, mes jambes flageolèrent à quelques mètres à peine de la « Cuisine » gardée par une sentinelle en armes. Même si ce « détail » avait été envisagé et potentiellement réglé, mes mains agitées de tremblements convulsifs et imprégnées d'une désagréable moiteur semblaient échapper à toute maîtrise. « *Courage ! Ne faillis pas ! Pas maintenant. Pas si près du but !* » m'invectiva ma voix intérieure. Au prix d'un effort considérable, je parvins à dompter la bouffée d'adrénaline qui menaçait de m'engloutir. Avec un aplomb déconcertant, je fis face au jeune soldat et levai le bras droit dans un salut nazi, geste exécrable mais indispensable pour instaurer un climat de confiance, avant d'extraire de la poche de ma veste une enveloppe que je lui tendis en prononçant sans ciller : « *Ordre des autorités supérieures !* » Après avoir répondu au signe de ralliement nazi dans un mouvement plein d'allant, l'homme en uniforme kaki saisit le pli et le décacheta lentement. Tandis qu'il parcourait la missive, je m'évertuais à contenir toute émotion. Pourtant, mes pensées se bousculaient à en donner le vertige. Les images de la veille me revinrent de façon fulgurante...

Chaparder une feuille de papier à en-tête du sigle des Jeux Olympiques s'était avéré d'une étonnante facilité. Vêtue de ma tenue d'ouvreuse, je m'étais présentée le lundi en fin d'après-midi dans l'aile du stade réservée à l'administration. À l'accueil, une hôtesse assaillie de toutes parts m'avait laissée pénétrer sans même me demander le motif de ma visite. En poussant la porte d'une vaste salle grouillant de personnel en ébullition, je m'étais sentie soulagée, car l'argument (retrait d'une attestation de travail pour l'Université), imaginé pour justifier ma présence dans ce local, était plutôt douteux. Une fois de plus, la chance m'avait souri. Dans la ruche où crépitait un essaim de machines à écrire bourdonnantes, j'avais parcouru plusieurs allées, l'air aussi détaché que possible. À l'évidence, ma silhouette s'était parfaitement fondue dans un lieu où nul ne m'avait remarquée. J'avais ainsi réussi à chiper dans la pile de réserve d'une secrétaire affairée, une feuille à en-tête que j'avais dissimulée en un clin d'œil dans la parementure de ma veste. Quelques minutes plus tard, j'étais ressortie de l'enceinte, ravie d'avoir accompli cette première étape sans le moindre souci.

Il ne restait qu'à taper la lettre dont le contenu avait été minutieusement élaboré avec Élie. Ce fut chose faite le soir même sur la vieille machine empruntée à ses parents. Tard dans la nuit, nous avions lu et relu ces quelques lignes, clef de voûte du complot :

```
                        Berlin, mardi 4 août 1936,


    Afin     de    proposer    une    prestation
d'excellence  au  Chancelier  Hitler  et  à  ses
invités,  les  autorités  organisatrices  ont
ordonné le renfort de l'équipe de restauration
des Officiels.
    Pour     satisfaire     cette     requête,
Mademoiselle Hilde Brück, hôtesse d'accueil,
est  ponctuellement  assignée  au  service  de
préparation des collations.
    ...
```

Au terme d'une poignée de secondes aux allures d'éternité, le militaire en avait fini avec la lecture du « *Sésame* ». Son regard perçant s'appesantit sur la barrette métallique épinglée au revers de ma veste. Sans doute pour vérifier que le nom inscrit correspondait bien à celui indiqué dans le billet. Dans un mouvement nonchalant, son visage juvénile grêlé d'acné remonta pour me fixer. Je m'efforçais de paraître impassible. En réalité, une incroyable effervescence agitait la moindre parcelle de mon corps tendu à l'extrême. Dans le flot de réflexions qui s'entrechoquaient, la spirale du doute se fit oppressante. La supercherie allait-elle passer inaperçue ? Suspendue aux lèvres du soldat, je refrénai un soupir de soulagement quand il me restitua la lettre en prononçant d'un ton neutre : « *gehen Sie weiter !* »[17]. Sur mes traits décrispés s'esquissa un sourire fragile. En pénétrant dans le local, j'éprouvai une sensation duale, mélange d'euphorie et de stress. Si la première étape avait été franchie avec succès, le plus dur restait à accomplir. En moins de dix minutes…

---

[17] « *Gehen Sie weiter !* » : « Allez-y ! »

L'exécution du plan (1ère partie)

Dans la pièce exiguë sans fenêtre où s'activait une dizaine de serveurs, nul ne remarqua mon entrée. Nul… à l'exception d'un quinquagénaire bedonnant, moulé dans une grotesque tenue queue-de-pie de maître d'hôtel, qui s'avança vers moi. Pendant qu'il me détaillait sans pudeur d'un regard concupiscent, je lui expliquai la raison de ma présence avec un tel engouement que le pseudo justificatif s'avéra inutile. Peu soupçonneux, le chef de rang accueillit volontiers cette manne inopinée. Affectée d'emblée à la plonge, j'enfilai un long tablier de coton avant de me faufiler derrière un comptoir métallique où l'un des deux barmen affairés à la préparation des boissons m'indiqua le bac d'un évier regorgeant de vaisselle sale. Sourire indéfectible accroché aux lèvres, je m'attelai sans sourciller à la tâche rébarbative. Tandis que mes mains s'agitaient dans l'eau saumâtre, mes yeux balayèrent l'alignement de plateaux en attente sur le zinc et s'ancrèrent sur une théière de porcelaine blanche, frappée des initiales : « **AH** » dorées à l'or fin. Sans conteste, celle du Führer. Il fallait agir vite. La confection et le transport de la collation destinée à Hitler étaient imminents.

Sans céder au vertige qui m'aspirait, je fis tomber intentionnellement l'éponge savonneuse sur le sol et m'accroupis aussitôt afin de la ramasser. Cette position me mit à l'abri des regards pour récupérer la Digitaline dans la poche de ma jupe. En un tour de main, le bouchon protecteur fut dévissé, la fiole calée au creux de ma paume. Quand je me relevai, le ballet des serveurs orchestré par un chefaillon débordé de commandes me permit de constater que personne ne prêtait la moindre attention à mes gestes. L'instant était idéal pour exécuter la phase la plus critique de ma mission : l'approche de la « cible ».

Pour y parvenir sans susciter de coup d'œil suspicieux, je pris l'initiative d'aller chercher les verres sales empilés sur la crédence au fond du bar. En passant devant le service dédié au Chancelier, je feignis d'en admirer la finesse. Dans un mouvement spontané, mes pulpes effleurèrent et soulevèrent le couvercle de la théière. Puis, ma main s'entrouvrit imperceptiblement. En une fraction de seconde, quelques gouttes de liquide s'en échappèrent. Désormais, le poison reposait au fond du récipient…

La suite ne dépendait plus de moi. Il ne restait qu'à attendre. Mais pas dans l'inaction. L'heure avait tourné de façon vertigineuse. Il me fallait absolument m'éclipser ; quitter cet office et rejoindre mon poste au plus vite.

Penchée au-dessus de l'évier, je glissai le flacon vide dans le repli de ma jupe avant de reprendre le nettoyage de la vaisselle. Feignant de récurer verres, tasses, assiettes, couverts, j'entaillai sciemment la phalange de mon index droit sur la lame d'un couteau. Une brève exclamation de douleur s'étouffa à la lisière de mes lèvres tandis que dans un réflexe naturel, mes mains émergèrent de l'eau rougie. D'un geste sûr, je saisis la pochette qui ornait ma veste pour exercer une compresse sur l'estafilade superficielle. Puis, le doigt enroulé du mouchoir taché, je tamponnai le dessous de mes narines afin d'y essaimer de fines traces de sang. La mine blême, je me présentai affolée devant le maître d'hôtel. Dans un sanglot, je simulai un saignement de nez, prétendument lié à l'extrême touffeur de la pièce. Le chef de la brigade en ébullition, qui avait bien d'autres préoccupations, m'autorisa à aller me rafraîchir sans demander plus d'explications. Hors de la cuisine, le chemin du retour s'accomplit au pas de course dans le labyrinthe des coursives du stade. Hors d'haleine, le visage sommairement nettoyé à l'aide d'un peu de salive, je repris mon activité.

Il était seize heures quarante-cinq.

L'exécution du plan (2ème partie)

Durant ce palpitant quart d'heure de pause, le Führer, escorté de quatre soldats vêtus de l'uniforme noir des gardes d'assaut, avait pris place dans la loge officielle à l'instant précis où la finale du saut en longueur avait débuté. Les concurrents avaient rivalisé de virtuosité lors du premier essai. Soutenu par les vivats de cent mille spectateurs, l'Allemand Long avait franchi 7,54 mètres ; le Japonais Tajima : 7,65 mètres ; l'Américain Owens : 7,74 mètres.

Quand je déboulai à mon poste, Lutz Long s'élançait pour le deuxième essai. Son bond fabuleux déchaîna l'enthousiasme de ses compatriotes. Il venait de se hisser au niveau de l'Américain… Le Chancelier exultait.

Les performances se succédèrent dans un subtil jeu de « chat et souris » où l'ascendant bascula alternativement de l'un à l'autre. À l'issue de la cinquième et avant-dernière tentative, les deux hommes étaient à nouveau à égalité. L'Allemand, aux traits de pur aryen, sortit du sautoir, se mit au garde-à-vous devant la loge présidentielle, bras droit levé et salua un Führer euphorique. La médaille d'or n'avait jamais été aussi proche.

Au même instant, un serveur en habit sombre avança vers Hitler. Sous sa main gantée de blanc reposait un plateau où fumait la théière au contenu mortel. Tandis que j'épiais les moindres mouvements dans la tribune, je sentis mon pouls s'accélérer. Mon plan était sur le point d'aboutir. Le breuvage fut transvasé dans la tasse. Dans quelques minutes le dictateur allait le déguster en se gargarisant d'une performance à la hauteur de ses espérances, en parfaite adéquation avec sa doctrine raciale. Il ignorait encore que dans deux heures le poison commencerait à agir. D'abord la migraine tenaillerait ses tempes bombardées de tambourinements lancinants. Puis, vertiges et troubles de la vue accentueraient son anxiété. Quand nausées, vomissements et diarrhées déchireraient son abdomen ceinturé de spasmes intolérables, il serait trop tard. Aucun médecin ne pourrait le soulager. Il n'existait aucun antidote. Son cœur se contracterait dans d'atroces souffrances. Les mouvements ralentiraient jusqu'à entrer en arythmie fatale…

À l'instant précis où le Chancelier saisit l'anse de la tasse, un sourire satisfait se dessina sur ses lèvres qui effleurèrent la porcelaine. Le sixième essai était lancé. Le stade surchauffé retenait son souffle. Hitler grimaça. Moi aussi. L'infusion était-elle trop chaude ? Avait-il perçu un soupçon d'amertume en humant les effluves ? J'avais pourtant pris soin d'ajouter quelques gouttes de glucose dans le flacon afin d'atténuer l'âcreté naturelle de la Digitaline. Des volutes de fumée ondulaient au-dessus du thé qui demeurait à l'orée de la bouche du dictateur. Subitement, ses yeux se révulsèrent.

Sur la piste, Long avait tenté le tout pour le tout, mais Owens venait de le supplanter par une envolée prodigieuse[18]…

Pour dix-neuf petits centimètres, l'Allemand ne monterait pas sur la plus haute marche du podium. En réalisant ce sévère revers de situation, le Führer ne maîtrisa pas sa fureur et jeta violemment la tasse, toujours pleine, contre le muret de la tribune. Après s'être acquitté d'applaudissements désabusés à l'attention du vainqueur, dont la couleur de peau infirmait à nouveau ses convictions raciales, Hitler quitta sur-le-champ la loge officielle. Les semelles de ses bottes crissèrent implacablement sur les brisures de porcelaine éparpillées sur le sol.

---

[18] Au 6e essai, Owens réussit un bond de 8.06 mètres ; la meilleure performance de Long (5e essai) ne fut que de 7.87 mètres.

Le dictateur avait échappé à la mort. Une fois de plus.

Pour dix-neuf malheureux centimètres, mon projet s'était enlisé dans le sable du sautoir. Incapable du moindre mouvement, je restai prostrée dans un recoin de couloir à l'abri des regards. Des sensations confuses m'envahissaient. Désarroi et colère s'enchevêtraient. J'enrageais d'imaginer qu'il aurait suffi d'un infime détail pour tout changer. Si le souffle du vent avait tourné en faveur de Long, sa foulée aurait pu être plus longue, sa course d'élan plus rapide, sa détente plus dynamique, son bond plus aérien, sa réception plus éloignée, son essai aurait supplanté celui d'Owens et… l'Allemand serait devenu champion olympique. À cet instant, une médaille d'or brillerait sur sa poitrine, l'hymne national serait repris en chœur par tous les spectateurs. Hitler jubilerait sans se douter de l'effroyable descente aux Enfers qu'il aurait à traverser dans les heures à venir…

Réflexions et images tourbillonnaient dans ma tête où la scène se rejouait à l'infini. Quand les premières notes de « la bannière étoilée » retentirent dans le stade, j'émergeai de ma sidération. En fixant le podium d'un regard brouillé de larmes, je pensais à Élie, à mon pays, ma famille, mes amis et tous ceux qui aspiraient à une autre Histoire pour le Monde.

À vingt heures, épaules voûtées, visage défait, je quittai le stade pour gagner la mansarde où Élie m'attendait impatiemment. En dépit de l'amère déception qui me tenaillait, les bases d'un nouveau scénario s'échafaudaient dans mon esprit. Une opportunité se présenterait sûrement dans les jours à venir. Coûte que coûte, je ne voulais pas abandonner.

Mon plan avait trébuché au pied de la plus haute marche.

Mais le rêve d'un autre monde était encore à portée de main…

Troisième partie (Berlin, août 2001)

Révélations

— Élie, mon chéri, tu veux bien m'apporter un peu de thé, s'il te plaît.

— Je te prépare ça tout de suite…

— Tu sais, je n'aurais jamais pensé atteindre cet âge-là. Tu imagines ? Quatre-vingt-six ans ! J'aurais dû mourir il y a bien longtemps déjà. Mais Dieu en a décidé autrement…

Assise à la terrasse du balcon ensoleillé, je regarde tendrement Élie s'éloigner vers la cuisine de l'appartement. Visage fané, chevelure cendrée, protégés par d'épaisses lunettes fumées, mes yeux recèlent une profonde tristesse incrustée au plus profond de mon âme.

J'ai toujours aussi mal quand je pense qu'il y a exactement soixante-cinq ans, j'ai eu la possibilité de changer le sort de l'Humanité. Mais hasard ou destinée, ma mission a échoué cet été-là. À présent, les souvenirs m'assaillent par vagues douloureuses…

Au lendemain de ce mardi d'août 1936, les apparitions d'Hitler dans le stade d'athlétisme s'étaient raréfiées. Les circonstances ne m'avaient jamais permis de retenter la moindre approche. Après la parenthèse des Jeux, la politique antisémite du gouvernement nazi avait resurgi avec une intensité décuplée. Le cortège funeste de brimades, persécutions, avilissements s'était égrené au fil des mois suivants. Dès janvier 1937, la loi avait radicalement interdit aux Juifs l'exercice de professions de comptables, professeurs, restaurateurs, pharmaciens, infirmiers, médecins... Élie fraîchement diplômé avait dû s'accommoder d'un poste à l'Hôpital juif de Berlin. Quant à moi, j'avais miraculeusement été maintenue dans l'effectif des étudiants de quatrième année, sans garantie aucune pour la suite de ma scolarité.

La mise au point d'un nouveau complot m'avait encore hantée plusieurs mois. Mais au fil du temps, la conviction avait faibli. La probabilité de réussite était bien trop infime. Je m'étais donc résolue à ne pas tenter l'impossible pour un projet voué à l'échec. À l'évidence, l'avenir était ailleurs et l'exil inéluctable.

Tandis que les exactions antisémites se multipliaient, la famille d'Élie et la mienne avaient amorcé les formalités d'obtention de visas. Nous étions en avril 1937. L'Amérique avait retenu tous les suffrages.

Durant des mois, chacun s'était démené pour décrocher au plus vite le précieux laissez-passer qui *permettrait de fuir une Allemagne méconnaissable, défigurée par la dictature. Mais les démarches fastidieuses s'étaient éternisées. Les autorités américaines avaient durci le contrôle du flux migratoire. Il manquait toujours un justificatif, un tampon, une approbation, un acquittement de taxe, etc. Après plus d'un an et demi de tractations, l'intégralité des agréments était enfin arrivée. Les places sur le bateau en direction du Nouveau Monde avaient été réservées pour le 3 décembre 1938.*

Malheureusement, dans la nuit du 9 au 10 novembre, un pogrom d'une violence inouïe avait pulvérisé le rêve. L'épisode de la « Nuit de Cristal »[19] avait vu se déchaîner la furie de brigades de S.A.[20] dans tout le pays et ses annexions. Assassinats, rafles, destruction de commerces, incendie de synagogues, saccage d'habitations...

---

[19] Au cours de cet évènement, baptisé par les nazis *Kristallnach* (« Nuit de Cristal ») en raison des débris de verre jonchant les trottoirs des villes, 91 Juifs ont été assassinés, 20 000 à 30 000 arrêtés et déportés vers les camps de concentration, 7000 magasins ont été dévastés, 280 synagogues détruites ou incendiées, des milliers de lieux de prières, cimetières, habitations... saccagés.

[20] SA : abréviation de *SturmAbteilung* : Section d'assaut (organisation paramilitaire du parti nazi).

Nos familles avaient fait partie des milliers d'intellectuels, avocats et médecins arrêtés.

Après plusieurs heures d'interrogatoire, j'avais été jetée en prison où j'ai bien cru perdre la raison. Au nom de quoi m'avait-on enfermée ? Aucun crime. Aucune faute. Aucun motif. Seule ma judéité m'avait conduite à vivre l'horreur...

Combien de fois avais-je alors ressassé l'échec de mon plan ? Pour quelques malheureux centimètres dans le sable d'un sautoir, le dictateur avait échappé à une mort certaine. Destin hallucinant d'un homme qui était passé au travers de bien d'autres complots. Sans doute était-il né sous une « bonne étoile », ai-je souvent songé avec une ironie amère. L'élimination systématique du peuple juif était en route. Et rien, ni personne ne semblait être en mesure de stopper les objectifs délirants d'un fou qui se jouait du Monde.

Une inquiétude morbide m'avait taraudée pendant les premiers jours de ma séquestration. Aucune nouvelle de mes parents ni d'Élie n'avait filtré à travers les barreaux de ma geôle. Seule la foi en un avenir meilleur m'avait permis de résister. Puis, un matin, la porte s'était ouverte. « Enfin libre ! », avais-je alors imaginé à tort. En fait, le glas du départ vers l'Enfer avait sonné.

Transférée dans un froid glacial vers un dépôt ferroviaire, je m'étais retrouvée serrée contre des milliers d'inconnus terrorisés. L'attente avait été interminable. Dans le wagon puant où l'on m'avait catapultée, les paroles d'Hannah avaient douloureusement résonné. Ses visions étaient donc avérées. Le souvenir du cauchemar était également réapparu... telle une prémonition redoutable. Impossible de savoir combien de temps avait duré cet épouvantable voyage. L'accueil à Dachau s'était fait à coups de gummis[21] par des SS[22] vociférant. Sur le quai, une poignée de détenus, fantômes flottant dans de pitoyables tenues rayées, m'avaient regardée, hagards, triant machinalement des monceaux de valises, vêtements, lunettes... dont mes compagnons d'infortune et moi-même avions été dépouillés.

J'ai subi des humiliations indicibles. En quelques heures à peine, j'ai perdu mon identité. Réduite à un numéro matricule qui demeure à jamais dans ma chair, tatoué sur mon avant-bras,

---

[21] Gummi = câble électrique recouvert de caoutchouc.
[22] SS : abréviation de *SchutzStaffel* : Groupe de protection.

Sarah Bloomfeld n'était plus que le « Stück nummer achtundsiebzigfünfundfünfzig »[23]...

J'ai alors connu les années les plus noires de mon existence. Une barbarie ineffable, indigne des Hommes. Je m'étais mentalement anesthésiée pour survivre aux travaux épuisants, au manque de nourriture, aux intempéries, aux brimades.

Tous les soirs, enroulée dans un ersatz de couverture rongée de trous, j'ai prié, prié... prié pour que cesse le cauchemar. Et chaque nuit, quand la fatigue harassante m'aspirait vers le sommeil, surgissait derrière mes paupières la vision du Führer brisant la tasse au contenu mortel. L'image obsédante me plongeait dans une colère sourde et vertigineuse. Tailladée par la culpabilité et les regrets, je ne pouvais m'empêcher de croire que la réussite de mon plan aurait modifié le cours de l'Histoire et épargné des millions de vies...

Le 29 avril 1945, j'ai été libérée après six ans et demi de captivité dans le camp de Dachau. À trente ans, ma silhouette décharnée et voûtée en

---

[23] « *Stück nummer achtundsiebzigfünfundfünfzig* » : « Morceau numéro 7855 ». Les SS désignaient les prisonniers des camps sous l'appellation : « morceau ».

paraissait quinze de plus. Mes cheveux ras et ternes encadraient un visage laminé de souffrances.

J'ai retrouvé Berlin, métamorphosée en ville fantôme à l'architecture estropiée et m'y suis installée pour me reconstruire au même rythme que ma cité tant aimée. Peu de temps après mon retour, la terrible confirmation de la disparition de mes parents m'est parvenue. Au cœur de cette infinie tristesse, subsistait toutefois un infime espoir. Malgré de multiples recherches, je n'avais aucune nouvelle d'Élie. Avait-il pu échapper au génocide qui avait brisé tant de destins et broyé tant d'âmes ?

Entre espoir et résignation, je me suis « reconstruite » peu à peu. Quelques mois après avoir trouvé un emploi d'assistante médicale, j'ai rencontré Markus, rescapé des camps, lui aussi. Nous nous sommes mariés. Sobrement. Sans passion. De notre union est née Léa en décembre 1947. La naissance de notre fille a redonné de l'éclat et de la couleur à nos existences profondément enténébrées du sceau de la Shoah...

– Voilà ton thé...

– Ah merci ! Merci beaucoup, mon chéri...

– Toi, tu t'es encore évadée vers le passé, n'est-ce pas ?

— On ne peut rien te cacher, mon cœur… Mais, je crois qu'il est temps de te révéler un secret… Mon secret.

Face à moi, le jeune homme brun aux immenses yeux bleus m'observe avec étonnement.

Lorsque tu es né, ta mère a accepté de te donner le prénom de celui que j'ai aimé plus que tout… et qui aurait pu être ton grand-père. Comme toi, il était médecin. Nous aurions dû nous marier, mais il a été déporté et n'en a pas réchappé. Jusqu'à ce jour, je n'ai jamais dit à quiconque ce que j'avais tenté avec lui en 1936. En hommage à sa mémoire, et à celle de tous les disparus et de leurs familles, je veux que tu saches…

— Mais que je sache quoi, *Oma*[24] ? Tu m'intrigues…

— C'est un peu long et sans doute incroyable, tu sais. J'avais vingt ans à peine. L'étau de la dictature hitlérienne nous écrasait. Je rêvais d'un autre monde. Alors, j'ai imaginé…

---

[24] *Oma* : appellation affectueuse des grands-mères en Allemagne.

Épilogue

En écrivant « Je rêvais d'un autre monde », je voulais régler un vieux compte avec l'Histoire. La période de la seconde guerre mondiale, plus particulièrement la déportation et la Shoah m'ont tant marquée que je désirais y consacrer plus qu'une nouvelle.

Tout a commencé par la consigne d'un atelier d'écriture qui consistait à rédiger un texte traitant de l'invisibilité. J'ignore pourquoi j'ai aussitôt imaginé un complot mené par une jeune femme possédant le pouvoir de se rendre invisible. J'ai d'abord pensé que ce serait « facile » pour elle de tuer Hitler et de sauver ainsi l'Humanité d'une des périodes les plus sombres de son Histoire. Mais même dans un genre aux limites de la science-fiction, cela me fut impossible. Malgré son extraordinaire faculté, mon héroïne ne parvenait pas à ses fins.

J'ai ensuite repris la trame dans un registre réel. Je me suis plongée dans l'atmosphère de la montée du nazisme en Allemagne. J'ai imaginé une opération secrète qui aurait pu s'insérer dans un des événements majeurs de l'époque. J'ai consulté de nombreuses archives à propos des Jeux Olympiques d'été de 1936. Au fur et à mesure où l'histoire se construisait, j'ai tout essayé pour que le plan de Sarah réussisse. Mais c'était trop lourd, trop difficile, trop irréaliste… à mettre en œuvre. L'enjeu était bien trop important. D'ailleurs, qui aurait pu adhérer à une telle invraisemblance ? Je suis donc restée sur les rails de la réalité. En filigrane de l'audace, mes mots ont été impuissants à changer le cours de l'Histoire. L'uchronie est certes un concept qui me fascine, mais ce qu'il est permis d'imaginer dans une histoire fictionnelle se révèle impossible dans le cadre d'événements historiques aussi importants.

Les personnes qui m'ont déjà lue, reconnaîtront sûrement « Dix-neuf centimètres » (texte plusieurs fois primé à divers concours de nouvelles, incluse dans le recueil « Femmes du Monde ») qui correspond à la deuxième partie de ce roman. En vous révélant l'avant et l'après, je voulais offrir un « tout » qui, je l'espère, parlera à chacun de vous.

Pour ma part, même si je rêve toujours d'un autre Monde pour le futur, je ne VEUX pas oublier le passé.

Table des matières

Du même auteur :

- Plusieurs publications de nouvelles en recueils collectifs.
- *Fulgurumelles en Cathy-Mimi*
  Recueil de fulgures écrit avec Cathy Peintre
  Édilivre, 2009.
- *Femmes du Monde*
  Recueil de nouvelles
  Jacques Flament Éditions, 2015.
- *Dessine-moi un Amour*
  Recueil de nouvelles
  Jacques Flament Éditions, 2016.
- *Alice - Couleurs d'enfance*
  Roman
  Passion du livre, 2018.
- *Frisottis de vie*
  Recueil de nouvelles
  Books on Demand, 2019.